ROSE ET AURÈLE,

COMÉDIE EN UN ACTE

MÉLÉE DE CHANTS,

Paroles du Citoyen PICARD

Musique du Citoyen DEVIENNE.

Représentée pour la première fois ; au Théâtre de la rue Feydeau, le 21 Thermidor.

Prix, Vingt-cinq sols.

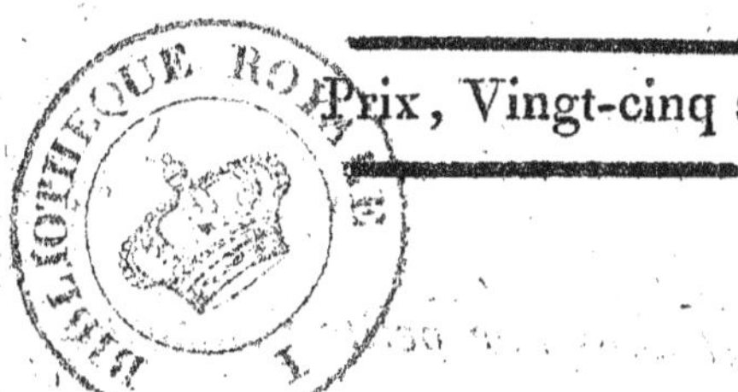

A PARIS,

Chez HUET, Libraire, Marchand de Musique et d'Estampes, rue Honoré, vis-à-vis les Jacobins, No. 70, et au Théâtre de la rue Feydeau ; Et Chez les Citoyens DENNÉ et CHARON, Passage de la rue Feydeau.

An deuxième.

PERSONNAGES.	ACTEURS.
AURÈLE.	Le C. Juliet
LORMEUIL.	Le C. Gavaudan.
JULIEN.	La C. Rosette Gavaudan.
ALIX.	La C. Lesage.
ROSE.	La C. Martin.

La Scène est dans une petite Commune.

ROSE ET AURÈLE,

COMÉDIE EN UN ACTE

MÉLÉE DE CHANTS.

SCÈNE PREMIÈRE.

ROSE, *seule, travaillant.*

VOILA bientôt deux ans qu'il est parti ; nous étions sur le point de nous marier, et depuis ce temps, je n'ai point reçu de ses nouvelles. Ce cher Aurèle ! je l'aime, il me le rend bien, j'en suis sûre. En quelqu'endroit qu'il puisse être, il ne pense qu'à sa maîtresse et à sa patrie. Aussi, qu'on vienne me parler d'établissement, de mariage avant son retour, avant la paix, avant l'affermissement de notre liberté.

Air :

Pour soutenir une cause aussi belle,
Quand je vis partir mon amant,
Je lui jurai d'être fidèle,
Et je veux tenir mon serment :
Il a des droits à ma constance,
En vain me parle-t-on d'amour,
Mon cœur est une récompense
Que je lui garde à son retour.
Cher amant ! ne crains pas que jamais je t'oublie
Après avoir défendu ta patrie,
Lorsqu'en ces lieux, tu reviendras vainqueur,
Qu'il sera doux, pour ton amie,
D'être le prix de ta valeur.

SCENE II.

ALIX, ROSE.

ALIX, *appelle.*

Rose.

ROSÉ.

Ma mère.

ALIX, *arrivant.*

Qu'est-ce que cela signifie , ma fille ? vous me laissez tout l'embarras du ménage , et vous êtes là à ne rien faire.

ROSE.

Mais, je travaillois, ma mère.

ALIX.

Je travaillois, je travaillois. Est-ce que vous prendriez votre mère , pour votre servante.

ROSE.

Ne vous fachez pas ma mère , je vais vous aider.

ALIX.

Restez-là, j'ai tout fait, tout est rangé. Eh bien ! qu'est-ce que c'est mon enfant ? on diroit que tu as pleuré. Tu as pensé à ce pauvre Aurèle. Ah ! tes pleurs sont bien naturelles je ne peux pas y penser moi-même ; sans sentir couler les miennes.

ROSE.

Toujours point de nouvelles ?

ALIX.

Crois-tu que si j'en avois reçu, je ne te les aurois pas apportées : mais peut-être René en revenant de Verneuil où il est allé aujourd'hui, nous en donnera-t-il ?

ROSE.

Ce pauvre Aurèle ? Depuis plus de dix-huit mois qu'il sert la République .... ne pas savoir ce qu'il est devenu .... si du moins il avoit sçu écrire.

ALIX.

Hélas ! ma bonne amie , c'eut été assez inutile , car nous ne savons pas lire.

ROSE.

Mais nous nous serions fait déchiffrer la lettre.

ALIX.

Oh ! je n'aime à mettre personne dans mes secrets , moi. Voyez pourtant ce que c'étoit que cet ancien régime : l'éducation n'étoit que pour les riches : mon pauvre père m'a tout appris , excepté à lire et à écrire, et moi, ma fille, je n'ai pu te montrer que ce que je savois. Aujourd'hui c'est différent , c'est la nation qui payera les maîtres d'école , et celui qui n'apprendra rien , ne pourra s'en prendre qu'à lui.

ROSE.

C'est bien heureux au moins que ce petit héritage qui nous est survenu depuis son départ , soit justement situé sur la route qui conduit à Verneuil , où nous demeurions ainsi que lui.

ALIX.

Comment si c'est heureux, il faudra qu'il passe par ici.

ROSE.

Je n'apperçois pas un soldat sur le chemin, que le coeur ne me tressaille : je me flatte que c'est lui, je vole à sa rencontre, et quand je vois que je me suis trompée, c'est toujours un plaisir pour moi que de trouver quelqu'un à qui je puisse parler de lui.

ALIX.

C'est aussi un grand plaisir pour nous de pouvoir

donner asyle à de braves gens. Car dieu merci, tous les défenseurs de la patrie sont bien reçus chez nous.

ROSE.

Et comme notre maison se trouve justement la première de notre Commune, c'est un plaisir que nous volons à nos concitoyens.

ALIX.

Oui, c'est là notre manière d'accaparer. Ce pauvre Aurèle! je me figure sa surprise, sa joie, quand il nous trouvera sur la route, quand il apprendra que la fortune nous à souri pendant son absence, que tous nos bien étant à lui plus qu'à nous, il a dans cette commune une bonne mère, une jolie maîtresse, une petite maison, un petit jardin, un petit champ, et que tout cela n'attend que son retour, pour être mis en valeur !

DUO.

ALIX.	ROSE.
L'image de notre bonheur	L'image de notre bonheur
Se peint à mon ame attendrie ;	Se peint à mon ame attendrie ;
Avec ce brave défenseur	Avec ce brave défenseur,
Qui vient de sauver la patrie,	Qui vient de sauver la patrie,
Après la guerre, on te marie.	Après la guerre, on me marie.
Je crois vous voir.	Ah ! quel espoir !
Brave en amour comme en guerre,	
Aurèle toujours plus épris,	
Après neuf mois te rend mère ;	
Quel doux moment, quand je serre,	
Dans mes bras, mon petit-fils :	
O ! que ses traits sont jolis !	
C'est le portrait de son père.	Ah ! Maman, tu me ravis :
N'entends-je pas déjà ses cris ?	C'est le portrait de son père.
	Maman, c'est moi qui le nourris.
	A mes côtés, Aurèle assis,
	Frédonne une chanson nouvelle,
	Sur mes genoux, je tiens mon fils,
	Il quitte un moment la mamelle,
	Et l'écoute avec un souris.
	Nous l'embrassons,
	Nous le pressons,

R O S E   **A L I X.**

Entre nos bras notre amour le
captive,
Et son aimable fils, dans ses baisers
lui rend
Tous les baisers de sa maman.

Pendant l'hyver , autour de lui
placées
Aurèle ému nous conte ses succès,
Des ennemis les hordes dispersées
Et les tyrans vaincus par les français
Nous croyons être au milieu des
allarmes.
Nous tressaillons ,
Nous nous troublons .
Au bruit affreux des combats et
des armes.
O mon enfant !   Tendre maman.

Ensemble.

Quel destin   pour nous plein de charme !
L'image du bonheur qui tous trois nous attend ,
D'avance a fait couler nos larmes.

A L I X.

Mais ne nous attendrissons pas comme cela. Tra-
vaillons plutôt , l'oisiveté est la mere de tous les vices.
Puisqu'il fait si beau , je vais chercher mon rouet ,
nous nous mettrons là sur le bord du chemin , et nous
verrons de loin s'il nous arrive quelqu'hôte. *(elle rentre)*.

R O S E.

La tendre mère ! elle ne respire que pour sa fille.
Que manquera-t-il à mon bonheur , quand ma patrie
sera triomphante , et que mon Aurèle sera près de
moi ?

A L I X.

Là. Ne perdons pas de tems , et pour le faire passer
plus agréablement , je vais chanter une petite chanson.

SCENE III.

Les précédents, LORMEUIL.

ROSE et ALIX sont assises chacune d'un côté du théâtre. LORMEUIL se tient debout entre elles deux , et va de l'une à l'autre.

ROSE.

Ah ! j'apperçois ce Lormeuil.

ALIX.

Cet ennuyeux personnage qui te fait la cour?

ROSE.

Il est encore plus pincé, plus élégant que de coutume.

ALIX.

Comme il sent l'ancienne finance, il est encore plus fat que feu son père qui étoit notre receveur des taillés.

ROSE.

Et c'est un pareil homme qui voudroit me faire oublier mon brave Aurèle.

LORMEUIL.

Bon jour, aimable Alix.

ALIX.

Bon jour, bon jour.

LORMEUIL.

Bon jour, charmante Rose. Jamais personne n'a mieux mérité ce joli nom. Et vous, bonne Alix, vous rajeunissez tous les jours ; on vous prendroit pour la soeur de votre fille.

ALIX.

Pour vous, vous êtes bien le fils de votre père.

LORMEUIL.

Toujours méchante. Permettez moi ma toute adorable de vous offrir ces roses. Qui se ressemble, s'assemble.

A L I X.

Le sot !

R O S E, *le repoussant.*

Allons, laissez-moi donc travailler , je n'ai pas de temps à perdre comme vous.

L O R M E U I L.

Vous le prenez sur ce ton là, je vais donner mon bouquet à la maman. Voulez-vous bien permettre...

A L I X, *chante.*

Thérèse un jour dans les champs ,
Par ses doigts comptant son âge ,
Triste se plaignant du temps :
Comme il fuit, ah quel dommage!
Les bons cœurs, les vrais amans
Qu'un sentiment pur engage
Devroient rester à vingt ans.

L O R M E U I L.

Voulez - vous bien permettre....

A L I X.

Pourquoi pleurer ton printemps,
Cœur sensible , humeur affable
Font que même à quarante ans ,
On peut encore être aimable ;

En regardant Lormeuil.

Mais sans de bons sentimens ,
On devient insupportable
Quand on n'auroit que vingt ans.

L O R M E U I L.

Voilà une jolie chanson ; mais mon bouquet.

A L I X.

Attendez , il y a encore un couplet.

Certains bergers suffisans ,
Venoient, suivant leur usage ,
Lui faire des complimens :
Mais Thérèse toujours sage,

Fit voir qu'on peut des galans
Refuser encor l'hommage ,
Quoiqu'on ait plus de vingt ans.

L O R M E U I L.

Oui, vous dédaignez toutes deux mon hommage ?
Eh bien ! je boude.

A L I X.

Boudez.

L O R M E U I L.

Parlons sérieusement. Quand donc prendrez vous
pitié de mes tourmens, de mon amour.

R O S E.

Vous dites la même chose à toutes les filles du
village.

L O R M E U I L.

Ah ! je le vois, vous êtes jalouse.

R O S E.

Ah ! non, je vous assure.

L O R M E U I L.

Vous ne voulez pas exiler la galanterie. Je plaisante
avec toutes les autres, avec vous c'est mon coeur
qui parle. Sur mon honneur, vos rigueurs me font cruel-
lement souffrir. La chère maman sait bien que je lui
ai déjà demandé votre main.

A L I X.

Si cela me regardoit, je vous aurois déjà répondu
mais c'est l'affaire de ma fille.

R O S E.

Vous êtes un parti trop brillant pour moi.

L O R M E U I L.

Ces beaux yeux ne sont-ils pas un trésor inestimable?

R O S E.

Citoyen Lormeuil , comment pouvez-vous encore
prétendre à devenir mon époux, lorsque je vous ai
déclaré moi-même, que j'en aimois un autre.

LORMEUIL.

Je vous vois venir ; vous allez me répéter que votre coeur a suivi cet Aurèle. Mais quand reviendra-t-il d'abord ? vous n'en savez rien : et sans vanité, quand je m'examine, je crois que je le vaux bien.

ALIX.

Vous ne le connoissez pas.

LORMEUIL.

Non. Mais je me connois.

ALIX.

Belle connoissance !

LORMEUIL.

Votre Aurèle a-t-il cet air, ce maintien, ces graces ?

ALIX.

Non : car il a la tournure d'un brave homme.

LORMEUIL.

Mais je suis très-brave aussi.

ROSE.

Si vous l'étiez , vous seriez à l'armée.

LORMEUIL.

Mais je ne suis pas de la première réquisition , j'ai 25 ans et demi.

ROSE.

Un Français , qui, comme vous, n'a plus de parens, qui n'est ni époux ni père, ne doit pas calculer avec la patrie ; sa place est aux frontières.

LORMEUIL.

Ma place est auprès de vous, c'est votre coeur que j'assiège, et j'espère que bientôt il demandera à capituler.

ROSE.

Voulez-vous que je vous parle en amie , Citoyen Lormeuil ?

LORMEUIL.

Comment ? si je le veux ? je vous en prie. Je crois

entrevoir dans ce mot l'aurore de ma félicité. Je vous écoute.

R O S E.

Croyez moi, gardez vos fleurs et vos fleurettes. Vous ne trouverez pas une fille dans cette commune à qui vous puissiez les faire agréer.

L O R M E U I L.

Pourquoi cela, s'il vous plait ?

R O S E.

Parce que nous avons toutes juré de n'épouser que de bons Citoyens..... (*se levant*) Ma mère, Réné est sans doute arrivé ; allons voir s'il sait quelque chose de nouveau.

A L I X, *se levant.*

Oh ! volontiers, ma chere amie. Citoyen bien vôtre servante.

L O R M E U I L.

Écoutez, écoutez donc : j'ai une foule de choses à vous dire.

R O S E.

Vous nous les direz un autre jour.

A L I X, *le ramenant.*

Mais songez donc que c'est d'Aurèle, de son amant qu'elle va chercher des nouvelles, et vous voulez la retenir ?

L O R M E U I L.

Permettez.......... Un moment.

SCENE IV.

LORMEUIL, *continue.*

Eh bien ! les voilà parties ? C'est clair, on m'adore ; pauvre petite ! tu emporte avec toi le trait dont je t'ai blessé ! allons, c'est décidé, je l'épouse..... C'étoit pourtant un bien doux métier que celui de garçon..... Autrefois ; mais tout est bien changé aujourd'hui.

Il chante.

Oui c'en est fait je me marie ;
Aujourd'hui plus qu'en tous les temps,
Le bien le plus doux de la vie,
C'est une femme et des enfans ,
J'ai long-temps courtisé les belles,
Papillon volage et léger
On m'a vu , dans Paris, entr'elles
  Me partager
  Et voltiger :
Par le moyen d'une maîtresse,
Jadis avec un peu d'adresse
  On obtenoit
  Ce qu'on vouloit:
Que le sort d'un célibataire
Se trouve aujourd'hui différent!
En vain jadis a-t-il sçu plaire ,
S'il n'a des mœurs et du talens ,
Il se trouve par-tout éconduit durement.
Oh ! c'en est fait , &c.
Le malheureux célibataire
Pour sa cotte mobiliaire,
Toujours est taxé doublement ;
Pour une place on lui préfère ,
Le Citoyen époux et père.
Faut-il voler à la frontière ,
Oh ! c'est alors que l'on préfère
A l'époux le célibataire ;
En vérité c'est désolant,
Voilà pourquoi je me marie , &c.

Elle tient encore un peu à cet Aurèle, par habitude. Si on pouvoit lui persuader qu'il a été tué, je serois bien sûr

alors , de n'avoir pas de rival. Excellente idée ! il m'est
bien facile de trouver un soldat qui ait la complaisance
de se prêter à la ruse que l'amour m'inspire. J'admire
mon invention. Etonnez-vous donc à présent que toutes
les femmes m'adorent. C'est tout naturel. De l'esprit et
de la figure, ce sont là les vrais moyens de plaire. Mais
l'heure s'avance, il ne faut pas que ma passion me
fasse oublier ma galanterie ordinaire. J'ai promis à la
petite Babet d'aller lui montrer cette romance délicieuse
qui nous est arrivée de Paris, et dont on me croit l'au-
teur. Allons-y , je penserai en route à mon projet.

SCENE V.

LORMEUIL, JULIEN.

JULIEN, *arrivant.*

Citoyen, Citoyen.

LORMEUIL.

Qu'est-ce que c'est ?

JULIEN.

Pourriez-vous nous procurer un bon gîte , dans cette
commune ?

LORMEUIL.

Vous vous méprenez , mon petit ami , je ne suis
point un aubergiste.

JULIEN.

Oh ! je suis sûr que vous vous intéresserez à celui
pour lequel je vous le demande ; c'est un soldat couvert de blessures qui m'a recueilli moi , pauvre petit
orphelin , qui me sert de père , et que tous les bons
patriotes se sont empressés d'accueillir sur notre route,

LORMEUIL.

Je m'y intéresse beaucoup aussi , certainement ;
mais j'ai des affaires importantes qui ne me permettent
pas de m'arrêter , (*à part*). Allons montrer la romance à la petite Babet.

SCENE VI.

JULIEN.

Eh bien ! il me laisse, oh ! c'est égal ; je suis bien sûr
que mon père ne manquera pas d'asyle ici. Mais j'aurois
été si content qu'il put se reposer en arrivant. Voilà
justement un banc de gazon qu'il semble que la pro-
vidence ait placé là tout exprès. Il vient. Courons au
devant de lui , et aidons le à descendre la colline.

SCENE VII.

AURÈLE , *avec un bras de moins, couvert d'un
taffetas noir, plusieurs cicatrices sur la figure.
Julien court au-devant de lui et le conduit au
banc de gazon , sur lequel il l'aide à se placer.*

JULIEN, AURÈLE.

JULIEN.

Là, comment vous trouvez vous, papa.

AURÈLE.

Bien, fort bien, mon enfant, un peu foible.

JULIEN.

Vous avez perdu tant de sang.

AURÈLE.

Je ne le regrette pas , c'est pour la France qu'il a
coulé.

J U L I E N, *lui essuyant le front.*

Il fait si chaud.

A U R E L E.

Pauvre enfant. Tu ne t'occupes que de moi, et tu t'oublies.

J U L I E N.

Quand je vous vois prendre quelque repos, je me sens tout délassé.

J U L I E N.

Air :

Plein de tes bontés paternelles
T'accompagner, te soutenir,
Panser tes blessures cruelles ;
C'est un devoir, c'est un plaisir.
Si je suis, malgré mon envie
Trop jeune encor pour voler au combat,
Je n'en sers pas moins la patrie
Je prends soin d'un brave soldat.
Plein de tes bontés paternelles,
T'accompagner, te soutenir,
Panser tes blessures cruelles,
C'est un devoir, c'est un plaisir.

A U R E L E.

Cher Julien, comment reconnoître tous les soins que tu prends de celui que tu appelles ton père.

J U L I E N.

Et pourront-il jamais payer ce que vous avez fait pour moi.

A U R E L E.

Ce que j'ai fait est tout simple, mon ami, ton pauvre père meurt au siège de Valencienne. Je te trouve errant, abandonné. Te recueillir, t'adopter, partager avec toi ma solde, ma portion, c'étoit un devoir que m'imposoient la patrie, l'humanité. Je l'ai rempli, tous mes camarades l'auroient rempli comme
moi,

moi, et je n'ai eu que le bonheur de te rencontrer le premier. Ne parlons plus de cela , je t'en prie. Depuis
j'ai été assez joliment arrangé , et je crois avoir bien
gagné les invalides. C'est à ton tour à m'être utile. Je
retourne chez moi, tu me continueras tes soins, jusqu'à
ce que tu sois en état d'aller combattre les ennemis ,
s'il en reste. Nous voici à deux lieues de mon pays ,
J'aurois bien voulu y arriver ce soir, mais ma lassi-
tude ne me le permet pas.

J U L I E N.

Il faut vous reposer ici. Je vais m'occuper de
vous chercher un gîte ; montrer moi-même vos papiers
à la municipalité, et puis je reviendrai vous chercher.

A U R È L E.

Eh bien ! va , va , mon cher Julien....-. Eh Julien !
aide-moi à allumer ma pipe avant de partir. (*Julien
tient la pierre , Aurèle frappe avec la main qui
lui reste.*) Là, voilà ce que c'est , reviens bien vîte.

J U L I E N *en s'en allant.*

Oui , papa.

S C È N E V I I I.

A U R È L E.

C'est bien , mon ami ; l'adorable enfant ! me voilà
donc tout près du lieu de ma naissance. Demain j'au-
rai le plaisir d'embrasser tous mes amis ; ils me trou-
veront un peu changé. Rose m'a été fidèle tant qu'elle
ne m'a pas vu , je n'en doute pas : mais quand elle
me verra....... N'importe, je n'en serai pas moins fier
de reparoître aux yeux de mes compatriotes dans cet
honorable état.

B

Jadis on vantoit ma figure ;
Mes pieds légers, la vigueur de mon bras,
Tous ces présens de la natnre
Se sont évanouis au milieu des combats :
Mais loin que mon cœur les regrette,
A mon pays, je le sens bien,
J'ai seulement payé la moitié de ma dette,
Puisque tout mon être est son bien.

————————

Jadis, quand j'offrais mon hommage,
J'étois certain qu'il seroit bien reçu,
Et je devois cet avantage
Au dehors séduisant que depuis j'ai perdu.
Mais loin que mon cœur le regrette &c.

SCENE IX.

AURÈLE, LORMEUIL.

LORMEUIL.

C'est un prodige que cette petite Babet. Elle a une voix céleste, il faudra que je songe à la faire débuter quelque part.

AURÈLE.

Qu'est-ce que c'est que ce jeune élégant qui s'avance. Il a l'air bien content de sa personne.

LORMEUIL.

Un pauvre soldat invalide ! il me fait peine. Ce que c'est que d'aimer sa patrie, et d'avoir un cœur sensible. C'est probablement le brave soldat dont ce petit bon-homme m'a parlé. Eh mais, il me vient une idée. C'est précisément l'homme qu'il me faut pour mon projet. Abordons-le : vous venez de l'armée, Citoyen ?

AURELE.

Cela se voit.

LORMEUIL.

J'ai toujours aimé les braves gens. Vous ne sauriez croire combien j'adresse de voeux au ciel tous les jours pour le succès de nos armées.

AURÈLE.

Si tous les Français se contentoient de faire des voeux, nous ne ferions pas beaucoup de mal à nos ennemis. Allez, allez, l'être suprême n'a pas besoin qu'on l'invoque pour une cause si juste. C'est lui rendre hommage que de combattre les tyrans.

LORMEUIL.

Vous avez raison. Un soldat généreux, intrépide, comme l'attestent vos honorables blessures, doit être bon, sensible, et toujours prêt à rendre service à ses frères, quand l'occasion se présente.

AURÈLE.

Vous me jugez bien, Citoyen.

LORMEUIL.

N'est-il pas vrai. Permettez donc que je réclame aujourd'hui cette sensibilité, ce besoin de rendre service qui tourmente votre coeur.

AURÈLE.

Qu'est-ce que cet original. Parlez, Citoyen ; je suis prêt à vous obliger, si mon devoir, si la probité le permettent.

LORMEUIL.

C'est bien comme je l'entends. Je vois que nous serons amis.

AURÈLE.

Je ne le crois pas.

LORMEUIL.

Voici le fait. Vous saurez qu'il y a dans cette Com..

mune, une petite paysanne, je veux dire une jeune Citoyenne. qui a un minois des plus piquants, des plus.... enfin ce qu'on appelle une jolie femme. Elle n'a pu se défendre de me voir avec un certain intérêt. Il n'y a rien d'étonnant. Sans être ce qu'on appelle un bel homme, on n'est pas mal, n'est-il pas vrai?

AURELE.

Vous êtes charmant. Le fat !

LORMEUIL.

Vous êtes bien bon. Vous serez peut-être étonné, quand je vous dirai que moi fils d'un bon bourgeois, c'est-à-dire d'un bon Citoyen, fait pour jouer un certain rôle dans le monde, par ma fortune, je songe à épouser cette aimable enfant. Mais que voulez-vous il faut donner des deffenseurs à la patrie, il faut se marier, il faut se marier, pas vrai?

AURÈLE.

Sans doute, et vous voulez m'inviter à la noce, voilà le service que vous me demandez peut-être?

LORMEUIL.

Pas du tout, nous n'en sommes pas encore là. La mère consent à notre union.

AURÈLE.

Eh bien , qu'ai-je à faire dans tout cela : si la mère y consent, si la fille le veut bien , moi je le veux bien aussi.

LORMEUIL.

Attendez , attendez , voici l'obstacle. Avant de me connoître , cette jeune fille étoit courtisée par un paysan, c'est-à-dire , un jeune cultivateur qui est parti pour l'armée depuis le commencement de la guerre.

AURÈLE.

C'est un brave garçon.

LORMEUIL.

Oh! sans contre dit. Cette jeune fille n'avoit pu se dispenser d'être sensible à ses soins. Or, aujourd'hui un scrupule, une délicatesse d'enfant l'empêchent de se livrer entièrement à moi. Elle veut attendre le retour du jeune soldat.

AURÈLE.

Elle a raison : et toutes nos jeunes républicaines pensent de même : je l'espère bien.

LORMEUIL.

Elle a raison si vous voulez. Mais il peut être infidèle.

AURÈLE.

Cela ne se peut pas.

LORMEUIL.

Il est peut-être mort.

AURÈLE.

Cela se pourroit.

LORMEUIL.

Il n'a pas donné de ses nouvelles depuis son départ. Ayez la complaisance de vous prêter à un petit stratagème que j'ai inventé, et la belle est à moi; dîtes que vous étiez dans son bataillon, qu'il s'est conduit en brave républicain, mais qu'à la suite d'une bataille sanglante, il a été trouvé parmi les morts. Cela ne peut pas faire de tort à sa mémoire; au contraire: et cela me fera beaucoup de bien.

AURÈLE.

Et c'est-là ce que vous me proposez.

LORMEUIL.

Oui: c'est une ruse innocente.

AURÈLE.

C'est ainsi que vous tuez vos rivaux

LORMEUIL.

Cela ne peut pas leur faire de mal.

AURÈLE.

Connoissez vous le jeune soldat ?

LORMEUIL.

Je ne l'ai jamais vu, mais on me l'a peint comme un fort joli garçon. Il demeuroit à Verneuil, ce petit hameau à deux lieues d'ici.

AURÈLE.

A Verneuil. Son nom ?

LORMEUIL.

Aurèle.

AURÈLE.

Aurèle. Et la jeune personne ?

LORMEUIL.

Rose.

AURÈLE.

Rose. Et comment se trouve-t-elle ici ?

LORMEUIL.

Sa mère a recueilli dans cette commune un héritage qui me convient assez.

AURÈLE, (*à part.*)

Rose me trahir : cela ne se peut pas. Mais que dis-je ? elle pense me revoir tel que je suis parti. (*haut*) Citoyen, la ruse que vous me proposez est indigne d'un homme d'honneur, et je n'aurois jamais voulu y prêter les mains ; mais elle devient inutile auprès de Rose ; votre rival n'est plus à craindre pour vous.

LORMEUIL.

Seroit il effectivemunt tué? Cela seroit charmant.

AURÈLE.

Non! Mais c'est lui qui vous parle.

LORMEUIL

Vous, Aurèle!

AURÈLE.

Moi-même. Je me rends justice. Dans l'état où je suis je ne puis prétendre à plaire, et je m'immole au bonheur de Rose.

LORMEUIL, *ayant l'air de le plaindre!*

Comment c'est vous, Aurèle. (*a part*) à merveille. (*Haut*) Pauvre jeune homme! dans quelle situation.... que je vous plains!

AURÈLE.

Ne me plaignez pas. Savez vous en quels lieux j'ai reçu ces blessures? Celle-ci c'est à Gemmappe, celle-là c'est à l'affaire de Landau, c'est à Fleurus que j'ai perdu la moitié de mon bras gauche. Puis-je gémir de mes blessures, il n'en est pas une qui ne me rappelle une victoire. Au surplus j'ai fait mon devoir. D'aujourd'hui seulement je sais ce qu'il m'en coûte, mais c'est pour la patrie que je souffre et je suis récompensé. Vous dites que Rose vous aime , je le souhaite. Soyez heureux avec elle.

LORMEUIL.

Et pourquoi donc renonceriez à Rose? vous avez des droits que je respecte.

AURÈLE.

Je ne vous cacherai point que mon plus grand bonheur seroit d'être encore aimé. Mais je n'ose m'en flatter.

LORMEUIL.

Je cours la chercher, la prévenir de votre arrivée. (*A part*) Il n'est pas possible qu'une jeune fille
balance entre un soldat blessé et un joli garçon
comme moi. (*Haut*) Dans un instant je reviens. Brave
Aurèle, malheureux Aurèle, vous ne sauriez croire
combien mon cœur saigne de vos blessures.

***

SCENE X.

AURÈLE.

Où donc avais-je les yeux de songer encore à l'hymen. Ah! je n'avois pas besoin de cette aventure
pour me féliciter de m'être chargé du petit Julien.
Mais combien la nécessité de rester garçon va m'-
le rendre encore plus cher. Autrefois c'étoit un far-
deau qu'un enfant.

> Le vice sous la tyrannie
> Se trouvoit à l'ordre du jour.
> Il avoit de notre patrie
> Chassé la nature et l'amour :
> Par égoïsme ou par misère,
> Dans chaque rang, dans chaque état,
> On se vouoit au célibat,
> On craignoit d'être époux et père.

> Dans ce tems affreux de scandale,
> Des mères bravant le couroux,
> Plus d'un jeune homme sans morale
> Etoit père sans être époux :
> Dans le même tems au contraire,
> Plus d'un mari, crédule et bon,
> Voyoit croître dans sa maison
> beaucoup d'enfans sans être père.

L'ordre du jour est bien changé. La vertu a pris la
place du vice, tout le monde se marie. Mais pour moi :

> Plus d'amour, plus de mariage :
> Mon triste état me le défend ;
> Mais une chose me soulage
> J'adopte Julien pour enfant.

A l'orphélin dans sa misère,
Ainsi je servirai d'appui,
C'est ainsi qu'on peut aujourd'hui
Sans etre époux se trouver père.

Ciel ! c'est elle, je la reconnois; je n'ai point tremblé devant l'ennemi, et je tremble devant une jeune fille.

SCENE XI.

ROSE, AURELE.

ROSE.

Point de nouvelles encore , ma mère est restée avec Réné. Que vois-je ? un soldat. Comme il est blessé ! Citoyen , venez , venez vous reposer.

AURÈLE.

Je vous remercie. (*à part*) Elle ne me reconnoît pas. C'est tout simple , mon organe est changé , mes blessures m'ont défiguré.

ROSE.

Je ne veux pas que vous preniez d'autre asyle que notre maison.

AURÈLE.

Vous me l'offrez de si bonne grâce , que je ne suis pas tenté d'en chercher d'autre.

ROSE.

Citoyen , de quelle armée venez-vous ?

AURELE.

De l'armée du Nord.

ROSE.

De quel bataillon ?

AURÈLE.

Du premier bataillon de ce département.

ROSE.

De ce département. Vous avez du connoître un jeune soldat , excellent patriote , rempli d'honneur , de courage et de sentimens ?

AURÈLE.

Donnez moi d'autres traits , auxquels je puisse le reconnoître , tous mes frères-d'armes ressemblent à ce portrait.

ROSE.

Il se nomme Aurèle.

AURÈLE.

Je l'ai beaucoup connu.

ROSE.

Il n'est pas mort ?

AURÈLE.

Non.

ROSE.

Ah !

AURÈLE.

Quel intérêt vous parle en faveur de ce soldat ?

ROSE.

Je ne m'en cache pas , je m'en fais honneur au contraire. Je l'aime , j'en suis aimée ; c'est mon amant, c'est mon époux, et j'attends son retour avec impatience.

AURÈLE.

S'il étoit blessé ?

ROSE.

Il n'en seroit que plus cher à mes yeux.

AURÈLE.

Si ses blessures le rendoient méconnoissable ?

ROSE.

Méconnoissable. Que dites vous ? ce son de voix,
des traits que je distingue, un certain pressentiment.

AURÈLE.

Enfin s'il étoit dans le même état que moi.

ROSE.

Que vous. Se pourroit-il ?

AURÈLE.

Eh quoi ! Rose peut-elle me méconnoître si long-
tems ?

ROSE.

Ah ! mon cher Aurèle.

AURÈLE.	**ROSE.**
Ma Rose me reconnoît-elle	Aux yeux de Rose, cher Aurèle,
Dans l'état où je reparois ?	Dans quel état tu reparois :
Pour moi je te revois plus belle	Une blessure trop cruelle,
Le temps a doublé tes attraits.	Hélas ! a bien changé tes traits.

SCÈNE XII.

Les précédents, LORMEUIL.

LORMEUIL.

Je vous cherchois par-tout, ma belle,
Pour vous servir sans me vanter :
J'avois ici trouvé ce brave Aurèle,

Et je courois pour vous conter
De son retour l'agréable nouvelle ;
Je jouissois de vous le présenter.

LORMEUIL.

Puisqu'enfin, sans que j'y pense,
Un hazard assez heureux
Met les rivaux en présence ,
Il faut qu'en cette occurence
Votre cœur s'explique entr'eux.

AURÈLE.

Point de remise
Il faut choisir ,
De la franchise
C'est mon desir.

Point de remise
Il faut choisir.
De la franchise
C'est mon desir.

AURÈLE.

La liberté la plus entière
Doit présider au jugement
Il faut oublier , ma chère ,
S'il est possible , un instant ,
Et ma tendresse ,
Et la promesse
D'aimer sans cesse,
Que tu me fis en partant.

LORMEUIL.

La liberté la plus entière
Doit présider au jugement :
Il faut oublier , ma chère ,
S'il est possible un instant ,
Ma gentillesse
et ma richesse
Et la finesse
De mon esprit séduisant.

ROSE.

Il faut ici qu'on m'écoute ,
Lormeuil , vous êtes fort bien :
Vous êtes riche sans doute ,
Ce pauvre Aurèle n'a rien ,
Et vous voyez ce que lui coute
L'honneur d'avoir mis en déroute
L'Anglais et l'Hanovrien.
Mais je le sens à mon ame attendrie ,
Par-tout il doit être vainqueur :
Dans ce moment je me crois la patrie ,
Et je lui donne et ma main et mon cœur.

AURÈLE.

A ce bonheur, ô ciel puis-je
prétendre !

LORMEUIL.

A ce coup-là, je ne pouvois
m'attendre.

AURÈLE.

Eh quoi ! ma cher Rose, tu peux te sacrifier.

ROSE.

Me sacrifier ? que nos cœurs sont encore une foible récompense pour les services que nous rendent nos braves défenseurs.

LORMEUIL.

C'est beau. C'est très-beau. D'après cela je cours risque de mourir garçon.

AURÈLE.

Que cela vous serve de leçon : et si vous voulez vous marier , commencez par faire un tour aux frontières.

LORMEUIL.

Certainement. J'irai, je partirai, pas demain , mais quelque jour.

AURÈLE.

Oui, qand vous entendrez parler de la paix.

SCÈNE XIII et DERNIÈRE.

Les précédens. ALIX, JULIEN.

JULIEN.

Oui, Citoyenne, c'est-là que j'ai laissé le brave soldat qui me sert de père.

ROSE.

Ma mère, ma mere, venez donc, venez donc. C'est Aurèle; c'est Aurèle, je vous dis; vous ne le reconnoissez pas ; je le crois bien, je ne l'ai pas reconnu moi-même.

ALIX.

Aurèle! pas possible. Embrasse moi d'abord, mon
garçon ; je t'examinerai après.

AURÈLE.

Bien volontiers, ma mère!

ALIX.

Pauvre garçon. comme te voilà arrangé. Ces
blessures attestent que tu as fait ton devoir. Mais tu
ne sais pas tout ce que ce brave homme a fait.
Tiens ma fille, regarde cet enfant ; vois comme
il est gentil.

LORMEUIL.

Est ce que c'est-là un des exploits du citoyen?

ALIX.

Taisez vous. C'étoit un pauvre orphelin abandonné,
il s'en est chargé, et jamais père n'a pris plus de soin
de son fils.

ROSE.

Ah! mon cher Aurèle, je reconnois ton cœur.

AURÈLE.

Ne me faites donc pas un mérite d'une action
aussi simple.

ALIX.

C'est que tu ne sais pas, mon cher Aurèle ; il
nous est tombé un héritage depuis ton départ :
eh bien l'héritage est à toi, la fille est à toi ; tout
est à celui dont le sang a coulé pour mes enfans.

JULIEN.

Vous allez vous marier, papa.

AURÈLE.

Oui : cela t'afflige ?

JULIEN.

Vous ne serez donc plus mon père?

ROSE.

Jamais il ne cessera de l'être, mon enfant, et tu gagneras à cet hymen une tendre mère. Veux-tu m'aimer comme ta mère?

JULIEN.

Oui. Mais je vous en prie, rendez le bienheureux, il le merite. Sur-tout dépéchez vous de me donner un petit frère.

AURÈLE.

Cela me regarde. Je ne peux plus retourner à la guerre, mais je ne serai point inutile ici. Je me charge de montrer l'exercice à tous les jeunes gens des environs. Si vous voulez, Citoyen, c'est à vous que je donnerai la première leçon.

LORMEUIL.

Bien sensible, certainement.

AURÈLE.

Qu'il est glorieux, qu'il est doux d'avoir bien servi sa patrie !

VAUDEVILLE.

ALIX.

A ton brave Aurèle, ma chère,
Donne bien vite un successeur,
Qu'il ait les graces de sa mere,
Et de son père la valeur.

(*A Lormeuil.*)

Citoyen, que cette avanture
Aujourd'hui vous serve d'avis,
Qui ne sert pas bien son pays
Près de nous, fait triste figure.

LORMEUIL.

De cette leçon salutaire,
Recevez mes remercimens,
Demain, je vole à la frontière,
C'est avoir tardé trop long-tems.
Sur le front même une blessure,
Ne peut enlaidir en effet,
Puisqu'elle prouve qu'on a fait
Dans les combats bonne figure.

JULIEN.

Joli maintien, air agréable,
Séduisant pendant peu de jours,
Toi, tu sera toujours aimable,
Car ta gloire vivra toujours ;
Ta belle ame fait ta parure,
Le cœur tout plein de tes bienfaits,
Ton Julien ne verra jamais
Rien de plus beau que ta figure.

AURÈLE.

Les cordons sous l'ancien régime
Etoient pour les gens en crédit ;
Mais ces vaines marques d'estime
Se déposoient avec l'habit.
La gloire que mon bras m'assure
Ne dépendra pas du brodeur,
Tous les titres de ma valeur,
Je les porte sur ma figure.

FIN.

De l'Imprimerie de LIMBOURG ET COMP. rue
des filles Thomas, no. 88.

AIR

DE ROSE ET AURÈLE,

Par Picard.

Musique de Devienne.

A Paris, Chez Huet, Rue Honoré, N.° 70. Vis à vis les Jacobins;
Et dans la Sale du Théâtre de la Rue Feydeau.

des droits
a ma cons - - - tan - - - - - ce,
il a des droits
a ma cons - tan - ce; en - vain, en -
- vain me par le fond d'a - mour; mon cœur est
u ne ré - - com - pen - - ce que je lui
garde a son re - - tour; que je lui
garde a son re - tour;

Mon cœur est u - ne ré - com - pen - se
que je lui garde à son re -
tour, il a des droits a - ma cons-tan-ce, en-vain me
par-le-t-on d'a - mour, mon cœur est u - - ne ré - - com
pen - se que je lui garde a son re -
tour, mon cœur est u - ne ré - compen-se que je lui
gardea son re - tour, que je lui gardea son re - -
tour, que je lui garde a son re - tour.

Cher a - mant! ne crains
pas que ja - mais je t'ou -
bli - e a - pres a-voir dé-fen-du, dé-fen-
du la pa-tri - e, lors-qu'en ces lieux
tu re-viendras vain - queur, qu'il se - ra
doux, pour ton a - mi - e, d'ê-tre le
prix de ta va - leur.
Cher a-mant ne crains pas que

ja-mais je t'ou-bli--e a-près a-voir dé-fendu la pa-
tri-e, lors-qu'en ces lieux, tu re-vien-dras vainqueur, qu'il se-ra doux, pour ton a-
mi--e d'ê-tre le prix de ta va-
leur, qu'il se--ra doux, pour ton a - mi - e, d'être le
prix de ta va - leur, d'ê--tre le prix de ta va--
leur, qu'il se-ra doux, pour ton a - mi - e, d'être le
prix de ta va - leur, d'ê--------tre le

prix de ta va - - leur, d'ê - - tre le
prix de ta va - leur, d'ê - tre le
prix de ta va - leur, d'ê - tre le
prix de ta ------
------ va - - leur